Margot
l'escargot

Barnabé
le scarabée

Huguette
la guêpe

Mireille
l'abeille

César
le lézard

Luce
la puce

Léonard
le têtard

Merlin
le merle

Oscar
le cafard

Lorette
la pâquerette

Luna
la petite ourse

Camille
la chenille

Solange
la mésange

Cyprien
le chien

Adrien
le lapin

Loulou
le pou

Prosper
le hamster

Grace
la limace

Ursule
la libellule

Gabriel le
lutin de Noël

Benjamin
Père Noël
du jardin

Georges le
rouge-gorge

Lulu
la tortue

Théo
le mulot

Gallimard Jeunesse/Giboulées
Sous la direction de Colline Faure-Poirée
et Hélène Quinquin
Direction artistique : Syndo Tidori

© Gallimard Jeunesse 1995
© Gallimard Jeunesse 2016 pour la nouvelle édition
ISBN : 978-2-07-507432-2
Premier dépôt légal : mars 1995
Dépôt légal : octobre 2016
Numéro d'édition : 306194
Loi n° 49956 du 16 juillet 1949 sur
les publications destinées à la jeunesse
Imprimé en France par Pollina - L77121B

Les drôles de petites bêtes

Léon le bourdon

Antoon Krings
Gallimard Jeunesse Giboulées

Il était une fois un petit bourdon un peu rondouillard, grassouillet, qui s'appelait Léon. Il habitait un nid douillet tapissé de mousse, dans lequel il passait tout l'hiver.

Léon était sur le pas de sa porte et savourait le retour des beaux jours en bourdonnant à qui mieux mieux. Vraiment c'était une journée idéale pour aller rapidement retrouver ses fleurs et faire des provisions de pollen.

C'est pourquoi il s'envola d'un air affairé jusqu'au jardin fleuri. Il y avait déjà beaucoup de monde sur la place : Siméon le papillon, Mireille l'abeille, Belle la coccinelle et bien d'autres insectes encore.

Tranquillement, Léon se mit à la tâche.
Il faisait de nombreux allers et retours
et il finit par récolter une grande quantité
de pollen, qu'il entreposa chez lui dans
une pièce prévue à cet effet.

Quand son garde-manger fut plein
à ras bord, Léon se sentit plus léger
et s'accorda un peu de repos.

Pendant ce temps, Mireille l'abeille s'inquiétait de ne plus trouver assez de pollen pour faire ses pots de miel. « Va voir Léon, c'est lui, chuchotèrent les fleurs, c'est lui qui nous a pris tous nos biens. » Mireille ne se le fit pas répéter deux fois.

Elle arriva à la porte de Léon et elle
frappa, et elle sonna, et elle sonna,
et elle frappa et à la fin, la tête de Léon
sortit en disant : « Quel est ce boucan ? »
Quand il comprit qu'elle venait pour
lui parler de pollen, il ne voulut pas
en savoir davantage. « Allez-vous-en,
je n'ai pas le temps ! » ajouta-t-il
en claquant la porte.

La pauvre Mireille s'en fut donc tristement et le vilain bourdon, le grognon Léon qui n'aimait pas partager, s'enferma chez lui en veillant jalousement sur son précieux trésor. Mais il trouvait le temps long et pour qu'il paraisse moins long, il mangea, mangea beaucoup trop de pollen. Léon grossissait à vue d'œil.

Lorsqu'il voulut sortir pour prendre l'air, quelque chose ne passa pas par la porte et ce quelque chose était son propre postérieur. Il tira sur ses pattes de derrière et comme il en avait assez de pousser dans tous les sens et qu'il restait toujours coincé, il cria :
« Au secours ! À l'aide ! »

– Hé là! Est-ce que tu es coincé?
demanda Mireille.

– Aide-moi, je ne peux ni avancer, ni reculer,
supplia le bourdon.

– Tu peux très bien rester là, dit l'abeille
en faisant mine de l'ignorer.

– Je pourrais te donner un petit sac de pollen.

– Je n'ai pas le temps, fit Mireille en faisant
mine de s'éloigner.

– Je te donnerai deux petits sacs… Attends,
quatre petits sacs… Reviens, dix petits sacs…

« Eh bien, c'est bon pour quinze sacs »,
fit-elle satisfaite. Elle prit le bourdon
par une patte et tira, tira de toutes
ses forces ! Oh hisse ! Oh hisse ! Oh hisse !
Oh hisse ! Et puis très brusquement
Mireille fit un saut périlleux en arrière,
suivie de Léon enfin libéré.

Comme promis, notre abeille reçut
ses quinze petits sacs de pollen.
Quant au gros Léon, il resta de mauvaise
humeur pendant quelques jours.
Mais ne vous en faites pas pour lui,
dorénavant, il fera attention de ne plus
trop manger, du moins jusqu'à
l'été prochain. En attendant, nous ne
manquerons pas de miel cet hiver.

Marie
la fourmi

Louis
le papillon
de nuit

Frédéric
le moustique

Antonin
le poussin

Juliette
la rainette

Odilon
le grillon

Pascale
la cigale

Valérie la
chauve-souris

Benjamin
le lutin

Patouch
la mouche

Adèle
la sauterelle

Siméon
le papillon

Henri
le canari

Léon
le bourdon

Noémie
princesse
fourmi

Gaston
le caneton

Victor
le castor

Pierrot
le moineau

Édouard
le loir

Pat
le mille-pattes

Belle
la coccinelle

Bob le
bonhomme
de neige

Blaise
et thérèse
les punaises

Maud
la taupe